Karin Twardon-Nüße

Und immer gibt es einen Morgen

Karin Twardon-Nüße

Und immer gibt es einen Morgen

FOUQUÉ LITERATURVERLAG
Egelsbach • Frankfurt a. M. • München • New York

Die Deutsche Bibliothek - CIP-Einheitsaufnahme
Twardon-Nüße, Karin: Und immer gibt es einen Morgen/ Karin Twardon-Nüße.-
Egelsbach ; Frankfurt a. M. ; München ; New York : Fouqué, 2000
ISBN 3-8267-4590-6

Autorin und Verlag unterstützen das Albert-Schweitzer-Kinderdorf in Hessen e.V.,
das verlassenen Kindern und Jugendlichen ein Zuhause gibt.
Wenn Sie sich als Leser an dieser Förderung beteiligen möchten, überweisen Sie bitte
einen – auch gern geringen – Betrag an die Sparkasse Hanau, Kto. 19380, BLZ 506 500 23,
mit dem Stichwort »Literatur verbindet«, Autorin und Verlag danken Ihnen dafür!

Imprint der Verlagsgruppe Dr. Hänsel-Hohenhausen®
Egelsbach • Frankfurt a. M. • München • New York
Boschring 21-23 • D-63329 Egelsbach • Fax 06103-44944 • Tel. 06103-44940

ISBN 3-8267-4590-6
2000

Satz und Lektorat: Barbara Schmitt
Illustration: Karin Twardon-Nüße

Ich danke all denen,
die an mich glaubten
und mir Mut machten.

Rückblende

Sommernacht.
Ruhe nach der Hektik des Tages.
Selten in einer Großstadt.
Ich hänge meinen Gedanken nach
und lasse sie in eine Zeit zurückwandern,
in eine Zeit,
die ich vergessen will.
Erinnerung an die erste große Liebe.
Eine schöne, unbeschwerte Zeit,
aber auch schon Schmerz
und Traurigkeit –
ungeweinte Tränen ...
Warum mußte alles so bitter enden?
Hätten wir nicht miteinander reden können –
einander akzeptieren –
mit all unseren Gegensätzen,
so wie wir nun einmal sind?
Mit all den Gegensätzen,
die unsere Einzigartigkeit ausmachen,
die uns doch gerade deshalb
einmal angezogen haben.
Die uns glücklich machten,
das Miteinander wie prickelnder Wein
aufregend erleben ließen.
Warum?
Heute bist du einsam und allein –
gibst anderen die Schuld –
wie immer.
Allein und verlassen!

Sollte ich Mitleid haben mit dem,
der unsere Liebe verriet,
der mir Angst machte, mich demütigte,
mich fast; aber nur fast zerstörte?
Nein! Mitleid kann ich nicht haben.
Vielleicht Erbarmen.
Später einmal.
Vielleicht auch einmal die Bereitschaft
mit dir zu reden.
Noch bin ich nicht soweit.
Meine Wunden sind noch zu frisch,
um verbunden zu werden.

DEN ANFANG WAGEN

Selbstzerstörung
durch Alkohol und Drogen.
Ersatz für Liebesentzug,
Nähe und Wärme.
Gefangene Gedanken,
Verzweiflung, Ausweglosigkeit.

Wirf alles Düstere über Bord,
nimm dein Leben in die eigenen Hände,
gib deinem Leben »Neuen Sinn«.
Es gibt so viel tausend Möglichkeiten –
suche dir nur EINE davon aus!
Du mußt nur wollen.
Den Anfang wagen.

SCHWACH?

Selbst
zu mir gefunden.
Zu meinen Fehlern,
zu meiner Schwachheit
manchen Dingen gegenüber.
Gefunden aber auch
Stärke und Mut
mich zu akzeptieren
wie ich bin.
Unverwechselbar, ICH.
Ein langer Weg;
aber immerhin ...
gefunden!

SELBSTFINDUNG

Ab und zu
denke ich noch
an dich.
Ohne Bitterkeit
ohne Angst
ohne Wut.
Aber mehr
auch nicht.

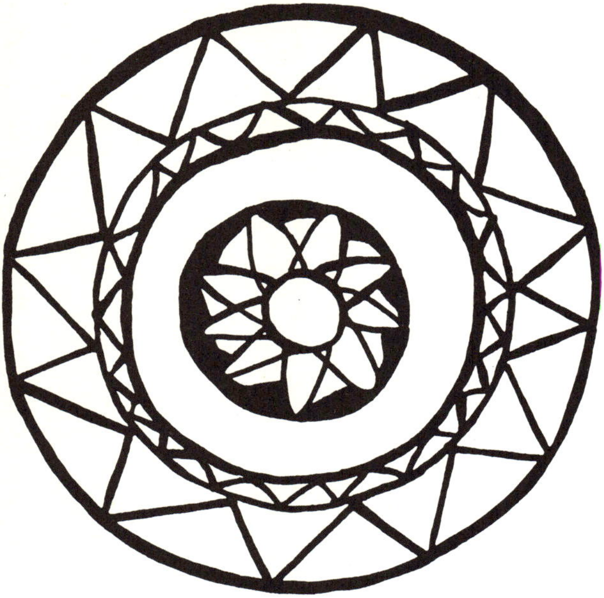

DIE SCHULE DES LEBENS

Sage JA
zu diesem Leben,
du hast nur das eine.
Habe Mut und Hoffnung
für einen neuen Anfang.
Bewahre dir deine Phantasie
und deine Träume.
Es wird dir im Moment
unvorstellbar erscheinen;
aber glaube mir,
das Leben geht weiter
in all seiner Vielfältigkeit,
mit allen positiven
und auch negativen Seiten.
Nirgend wo sonst
lernen wir so intensiv
wie in der Schule der Lebens.
Und das auch noch kostenfrei!!

Spät genug ...

Was will ich –
was bin ich?
Habe ich Mut genug,
meine eigene Bedürftigkeit
wahrzunehmen?
Meine Wünsche auszuleben?
Meine Grenzen abzustecken
und klare Linien zu ziehen?
Es wird Zeit,
denn fast ist es
fünf Minuten vor Zwölf!

Einzigartig

Bewußt den Tag,
das Heute –
in all seiner
Einzigartigkeit erleben;
denn morgen beginnt ein neuer Tag
und nichts ist mehr so
wie es ist.

Licht der Hoffnung

Nebelschwaden
schweben düster
wie bizarre Gestalten
über den Bergen,
bis der erste
Sonnenstrahl
die düstere Szenerie
durchbricht
und mit
strahlendem Licht,
Hoffnung
und neuen Mut gibt.

Heimkehr

Nach
langen Jahren
der Fremde
zurück
in die Heimat.
In der zwar nicht
die berühmte Wiege steht,
sondern ein Bett
zum Ausruhen.
Ein paar Arme,
die mich liebevoll umschließen.
Ein paar Augen,
die mir sagen:
»Schön, daß du da bist.«
Weiter nichts!
Nur Wärme und Zuneigung.

SEHNSUCHT – LIEBE

Wie lange
habe ich diese Gefühle
nicht mehr gekannt.
Schmecken,
sehen,
fühlen.
Herzklopfen
in deiner Nähe.
Dich
mit all meinen
Sinnen wahrnehmen.
LEBENDIGKEIT.

Lebenslust

Fliehe nicht vor dir selbst –
halte inne
und spüre
den Sonnenschein
auf deiner Haut.
Atme die
verlockenden Düfte
eines Sommers.
Schaue den Vögeln nach,
wie lebenslustig
ihr Flügelschlag
sich in der Weite
des Himmels formiert.
Das Wispern
der Wellen des Flusses,
der schon seit ewigen Zeiten
in seinem Bett ruht;
aber doch immer in Bewegung ist
und bleibt; aber auch Regen;
denn sonst
gäbe es kein Leben
auf dieser Erde,
die doch so
wunderschön ist.

LEBENSWERTES LEBEN

Mir fällt immer wieder auf, daß wir Menschen uns gerade über Kleinigkeiten aufregen. Ja, sie geradezu als Aufhänger nehmen, um u.a. Frust und Unzufriedenheit loszuwerden. Dabei gehen wir nicht sehr wählerisch mit Worten um. Worte, die wie Fackeln sehr lange brennen und einen bitteren Nachgeschmack hinterlassen. Das Wesentliche unseres Lebens bleibt auf der Strecke. – Sich mehr auf sich zu konzentrieren, sich auf die eigenen Wünsche und Gefühle einzulassen, – dazu ist es nie zu spät und niemand zu alt. Offen und ehrlich im Miteinander – sich näher kommen, dem nächsten neben sich Respekt zollen, so, wie das ein jeder von uns für sich selber wünscht.
Das nenne ich LEBENSWERTES Leben.

Momente des Glücks

Augenblicke
die das Leben liebenswert –
lebenswert machen.
Du kannst dich
an einer Blume,
einem Tier,
dem Lachen eines Kindes erfreuen.
Es kann ein Blick in deinen Augen sein.
Gespür für leise Töne ...
Staunen über unsere wunderbare Natur,
die Gott in einer Vielfalt
von Farben und Formen erschaffen hat.
Du mußt nur genau hinsehen.

Ich sehe in den Himmel,
staunend,
vor der Weite des Universums.
Ich sehe Mond und Sterne
und ich fühle eine innere Verbundenheit
mit dir,
die schmerzt;
aber auch glücklich macht.
Manche Menschen,
überlege ich,
sind ein Lebenlang zusammen.
Sprachlos – gefühllos.
Ich fühle und lebe;
denn ich weiß,
daß auch du ein Blick
zu den Sternen riskierst.

Lernen, die Schöpfung zu bewahren

Sintflutartige Regenfälle
verbreiten
Angst und Schrecken.
Du Gott
hast versprochen,
die Erde wegen uns Menschen
nicht noch einmal
zu verfluchen.
Lehre uns,
deine Schöpfung zu bewahren.
Lehre uns,
wieder Freude in den kleinen Dingen zu sehen,
die das Leben ausmachen.

Meer –
aus wogenden Halmen.
Vom Wind gestreichelt
zart berührt;
aber auch
wie eine Wogende Welle –
stürmische Zuwendung.
Das Kornfeld –
gleich hinter dem Haus.
Leuchtende Kraft.
Voller Schönheit und Leben.

Vertrauen heißt,
den anderen loslassen zu können,
ihm offene Türen zeigen,
Freiraum geben –
vor
Erstickungstod
bewahren –

Auch ich stellte
mir so ein Leben
mit dir vor.
Verstehen und verzeihen üben.
Füreinander dasein –
ohne Zwang.
Doch langsam
fehlt mir die Luft zum Atmen;
denn du
willst mich mit Haut und Haaren
und bemerkst nicht,
daß meine Seele tot ist
und mein Herz aufgehört hat,
für dich zu schlagen.

Du fragst:
»Vermißt du mich?«
Wie kann ich dich vermissen,
wenn ich doch schon so lange
dein Hiersein nicht bemerke?

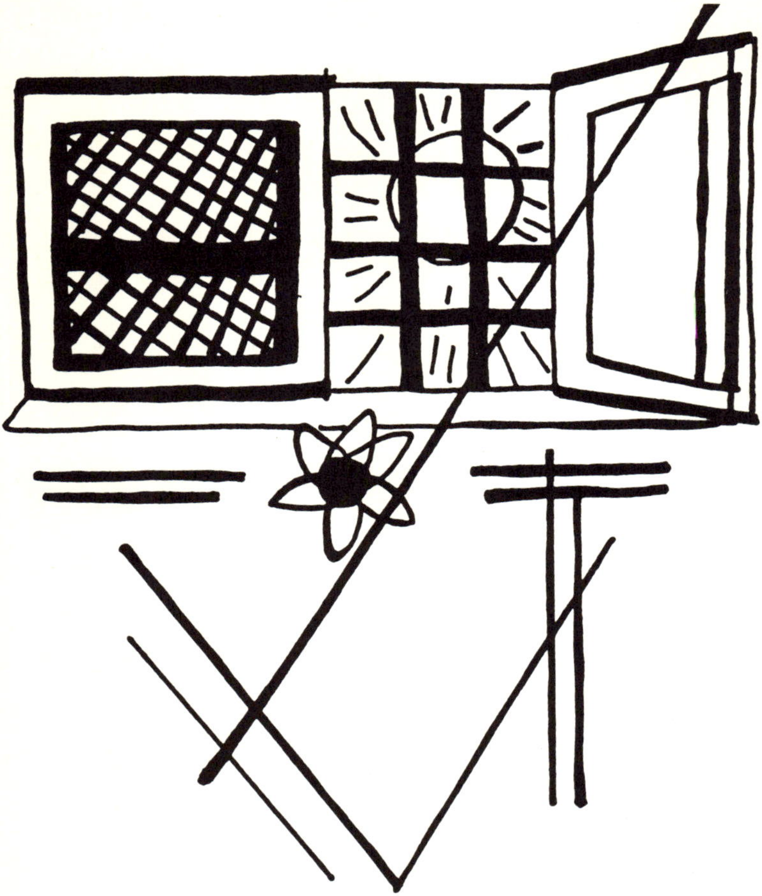

Wunschträume

Wünsche nach
– Freiheit
– Verständnis
– Anerkennung
– Freundschaft
– Liebe ...
Kein Platz mehr
für Gefühle in
unserer Welt?
Nur
noch
Wunschträume?

Nähe

Ich weiß,
wie sehr wir alle
der Freundschaft bedürfen.
Der Wärme und Liebe
in einer lieblosen Zeit.
Das Aufeinander-verlassen-können.
Ich wünsche mir,
daß ich dieser
zarten und riskantesten Beziehung
gewachsen bin;
denn manchmal
wird es mir auch eine Last sein,
dir gerecht zu werden.
Dich ernst zu nehmen –
immer für dich da zu sein.
Weise mich zurecht,
wenn ich gedankenlos werde.
Freunde dürfen ehrlich sein.

Freundschaft

Auch wenn
du gehen mußt
mein Freund
weiß ich doch,
daß wir uns bald
wiedersehen.
Freundschaft
ist nicht nur ein Wort –
es ist sehr viel mehr als das.
Vertrautheit.
Sich auf den anderen
verlassen können.

ZUKUNFT

FÜR MICHAEL

Ich wünsche dir
auf deinem weiteren
Lebensweg
einen beschwingten Schritt,
um alle ausgetretenen
Wege
leichtflüßig zu
überspringen
und nicht von
vorgefaßten
Meinungen,
sogenannten
guten
Ratschlägen,
DICH
von NEUEN Wegen
abbringen lassen.

LAUF!!

Heute beim Abschied
vergoß ich
Sturzbäche von Tränen; aber
im Augenwinkel
schon die Andeutung
eines zaghaften Lächelns
weiß ich doch,
daß wir uns
irgendwann
wiedersehen.

Trotz alledem

Ich habe –
wir haben uns verstanden.
Trotz aller Hemmungen
und Vorbehalten
sind wir uns nahe gekommen.

Träume

Meine Sehnsucht nach dir
läßt mein Herz schneller schlagen.
Ich weiß,
daß unsere Liebe
keine Erfüllung finden kann.
Zuviel steht dazwischen.
Doch meine Illusionen kann mir niemand nehmen.
Die Illusion,
daß wir einander gehören können.
Mit aller Liebe und Zärtlichkeit dieser Welt.
Doch
es sind und bleiben nur
Träume.

ZAUBERWELT

Dem Garten der Träume
setze ich bunte Lichter.
Zarte Blütenzweige
umkränzen sanft gewundene Wege
und ein Meer von Blumen
soll uns umfangen,
wie es das
weicheste Daunenbett nicht vermag.
Der Adler
wird zusammen
mit der Taube
unser Wächter sein
und unsere Gemeinsamkeit beschützen.

Sehnsucht nach Frieden

Meine
Sehnsucht
kennt keine Grenzen
nach
einer besseren Welt.
Nach
Liebe und Geborgenheit ...
Nach
Verstehen der Völker untereinander ...
Nach
Frieden und Gerechtigkeit ...
und ein bißchen
mehr Wärme unter uns.

Notzeit

Erinnerungen an Kindheit,
an eine Zeit,
in der es noch nicht alles
im Überfluß gab.
Eine Zeit,
in der die Menschen
füreinander da waren.
Einander zuhörten –
sich mitteilen konnten
ohne, verstohlen auf die Uhr zu sehen.

Eine Zeit,
in der kaum Englisch gesprochen wurde
und sämtliche Begriffe,
oh welch ein Wunder,
auch im deutschen Wörterbuch gefunden wurden.
Eine Zeit, -
in der Traditionen weitergegeben werden und –
vor allen Dingen
weitergelebt wurden.
Von Generation zu Generation.

Bräuche unserer Vorfahren in Ehren halten,
haben wir heute keine Zeit mehr dafür?
Unsere Indentität geht doch immer mehr verloren
und mir scheint,
daß wir bald nur noch wie Roboter funktionieren.
Arme Zukunft – arme Menschen!
Menschen, die keine Perspektiven mehr haben.
Wachen wir doch endlich auf!

Abschiednehmen

Abschiednehmen
von lieben Menschen
Traditionen.
Tieren,
die uns in schönen
wie auch in
schweren Zeiten begleiten.
Eine Zeit,
in der manch einer glaubt,
alleine zu sein
in Schmerz und Trauer.
Abschied nehmen auch
von Menschen,
die uns eine kurze Wegstrecke begleiten
und doch
einen bleibenden Eindruck hinterlassen.
Verlustgefühle –
Angstgefühle.
Wir bleiben allein – verlassen.
Doch auch das gehört zum Leben.
Wie Sonne und Wärme –
Regen und Kälte.

Wieviel
Liebe und Hoffnung
investiere ich in dich.
Vertrauen und Zuversicht.
Du nahmst meine Zuwendungen
als selbstverständlich hin
und warst nicht dazu bereit,
auch einmal zu geben.
Langsam erkalten
meine Gefühle für dich
und der Schmerz und die Trauer
darüber
werden weniger,
ebben ab.
Schade!

Heute
habe ich die Liebe entdeckt.
Im Leuchten deiner Augen,
die soviel versprechen,
die mich ansehen,
die mir die Welt farbiger erscheinen lassen.
Die Gefühle erwachen lassen
von denen ich glaubte,
es gäbe sie nicht mehr für mich.
Diese Gefühle
für dich mein Freund,
du,
der mich,
ohne daß ich viel reden müßte,
versteht.